逃離純情
pure heart escape
presented by Sawamoto Soji
沢本そじ

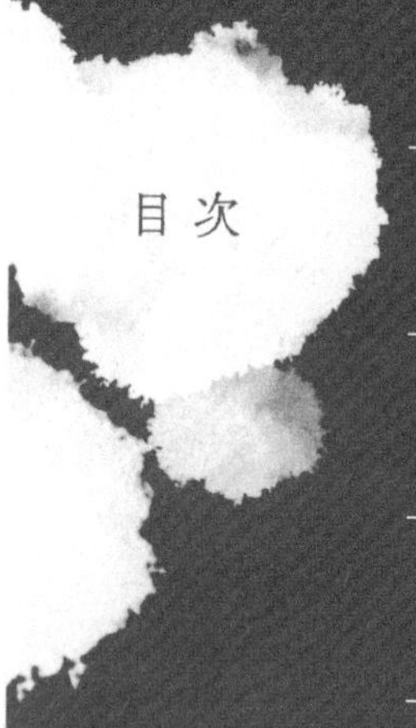

目次

嗚哇！

我在國3的冬天，
向死黨出櫃告白了…
我們向來無話不談。
老實說，
我從來沒想過事情會變成這樣。
唔…

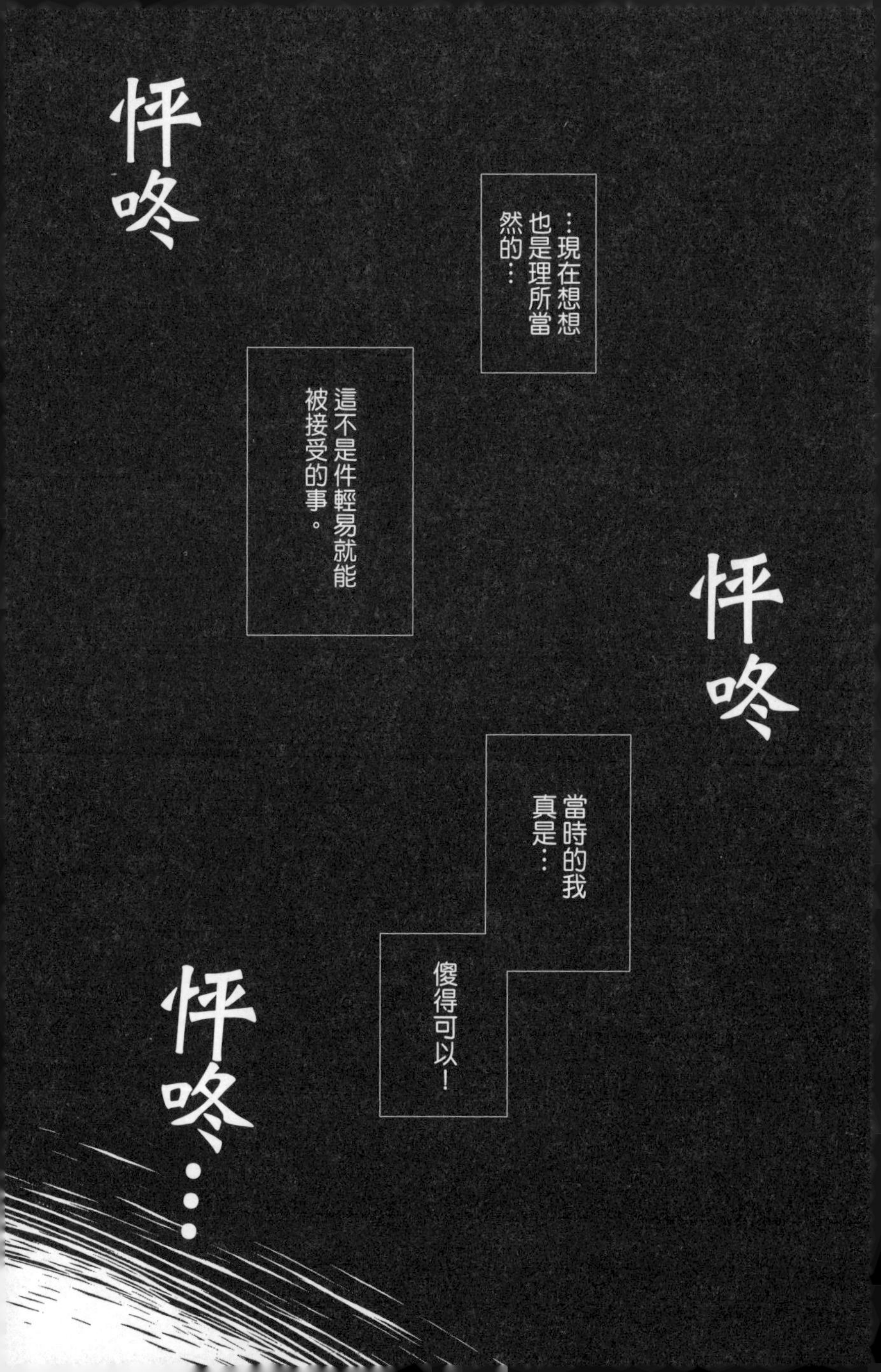

…現在想想也是理所當然的…

怦咚

這不是件輕易就能被接受的事。

怦咚

當時的我真是…

傻得可以！

怦咚…

亞貴！
起來了嗎？
之後他對我的態度澈底改變，
甚至把事情傳到周遭人盡皆知，成功地讓我被所有人排擠。
叮咚
叮咚
←14 3年2班 (31)
聽說亞貴的事了嗎？笑
聽說了ｗｗ 真是有夠誇張
沒錯笑 誰能接受同性戀啊
亞貴——
你要遲到了喔！
一切都結束了。

那天之後，我就澈底宅在家，不再去上學。
不能去學校啊…
每天不斷期望著自己消失，
在睡覺時，也作著在黑暗深海中溺水的夢…
眼前一片黑暗、呼吸困難又孤寂，
但不知為何令人安心。

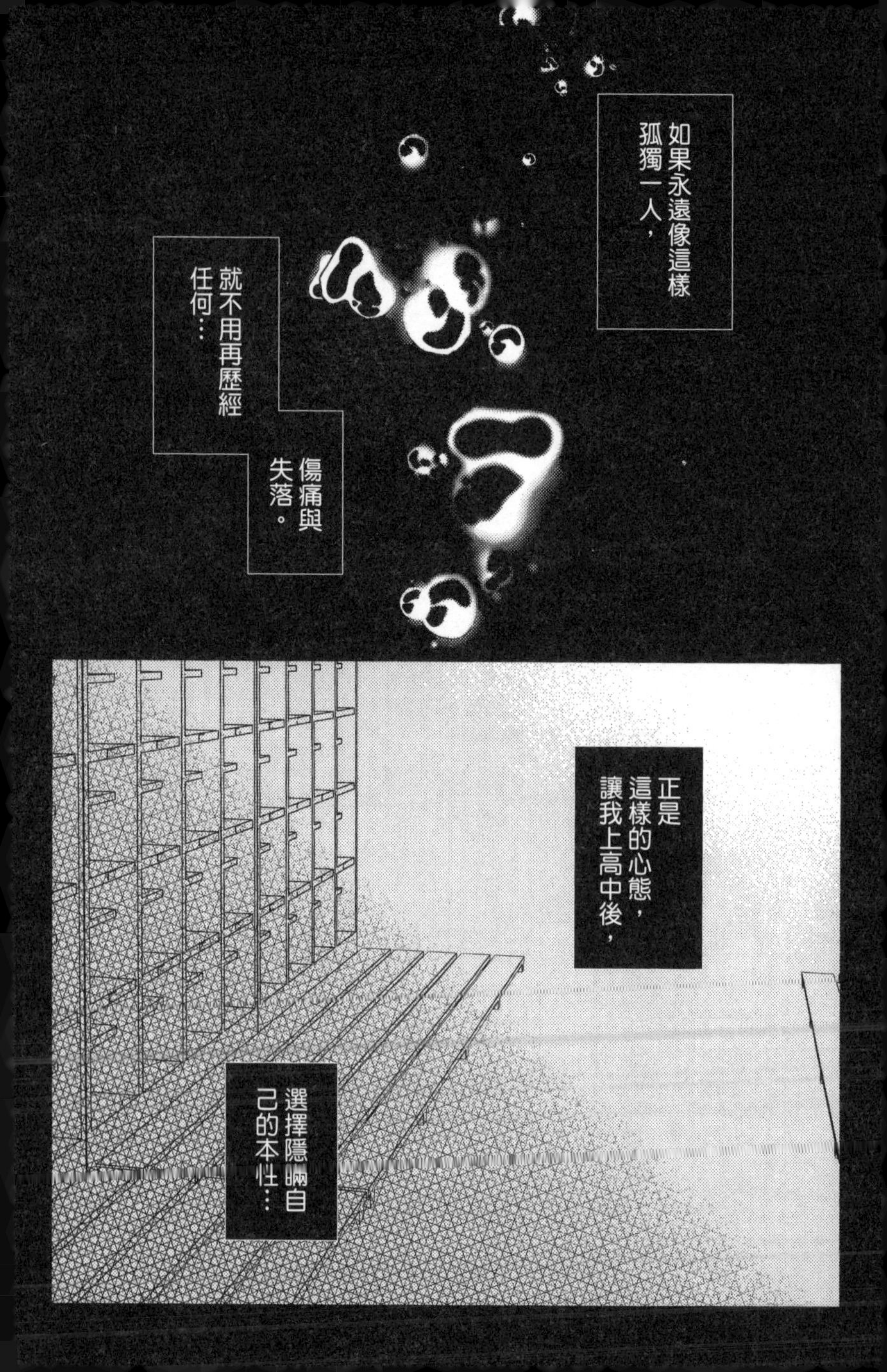

如果永遠像這樣
孤獨一人，

就不用再歷經
任何……
傷痛與
失落。

正是
這樣的心態，
讓我上高中後，

選擇隱瞞自
己的本性……

不跟任何人有過深的牽扯，這就是我的生活方式。
啊！
是北川，
他又這麼晚才來。

早安，北川。
—然而…
你還是這麼悠哉地遲到啊…

不是叫你別跟我說話嗎？
他是隔壁班的吉田，
咦？
打個招呼總行吧？
每天都會莫名糾纏著我⋯
我們是朋友啊！
對吧？
我不記得跟你是朋友，
是個煩人的傢伙。
你很煩耶！

悄聲⋯
紘太郎，
你不要再每天糾纏北川了啦！
我在旁邊看，都覺得怕怕的⋯
北川他⋯
感覺有點恐怖⋯
⋯因為⋯

感覺很有趣啊…
那傢伙！

在高中的生活⋯
叮咚──
噹咚──
好，今天就先上到這裡⋯

多虧進了離老家有點距離的高中，
今天上的部分，
也包含在下次的考試範圍內。
周遭沒人知道那件事，讓我能正常度日…
即使如此，我還是不打算交朋友。
回去要好好複習——
肚子餓了——
要吃什麼？
跟沒去上學後還是不堪其擾的國中時期相比，
感覺輕鬆多了。

噗咻
只要能維持現狀、平穩度日，
3年轉眼就會過去，
好懶得上第5堂課…
蹺掉吧！
驚！
啊！
啊？
我也很快就能畢業…這是我原本的想法。

呀!
嗯啊…
吉田…
上課…
會遲到啦…
嗚…
哇!
叩咚
!
咦?
什麼?
怎麼了怎麼了怎麼了?

カラ
……哎呀……
真浪費……
呼
呼……
呼……
糟透了！

開什麼玩笑啊！可惡——
要做就回家做。
暈眩
真的…
呼啊
呼
啊…
誰能接受同性戀
所以連上床都是跟男人？ww
我不行ww
簡直糟糕透頂。
糟糕！快吐了…

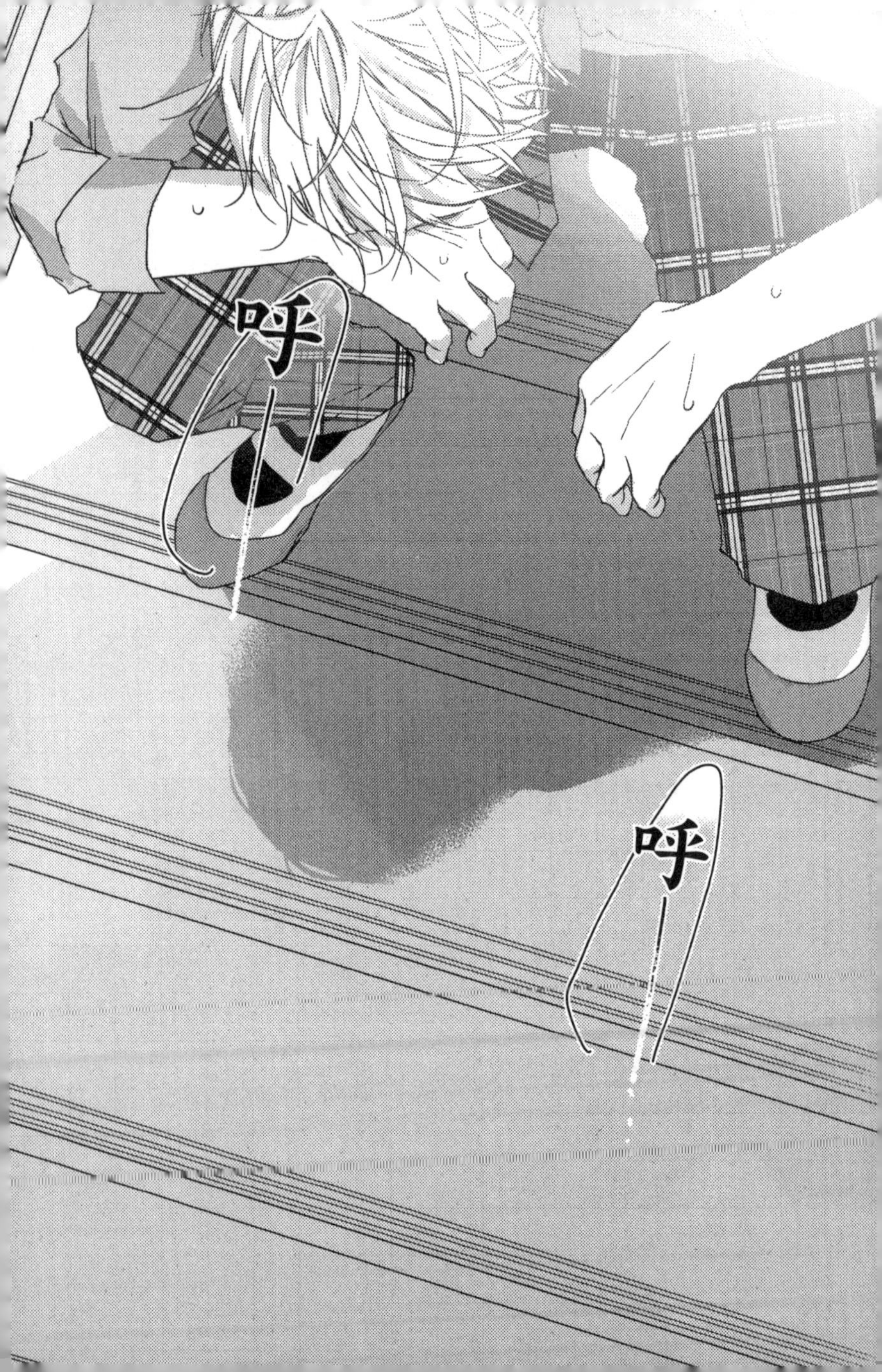
呼—
呼—

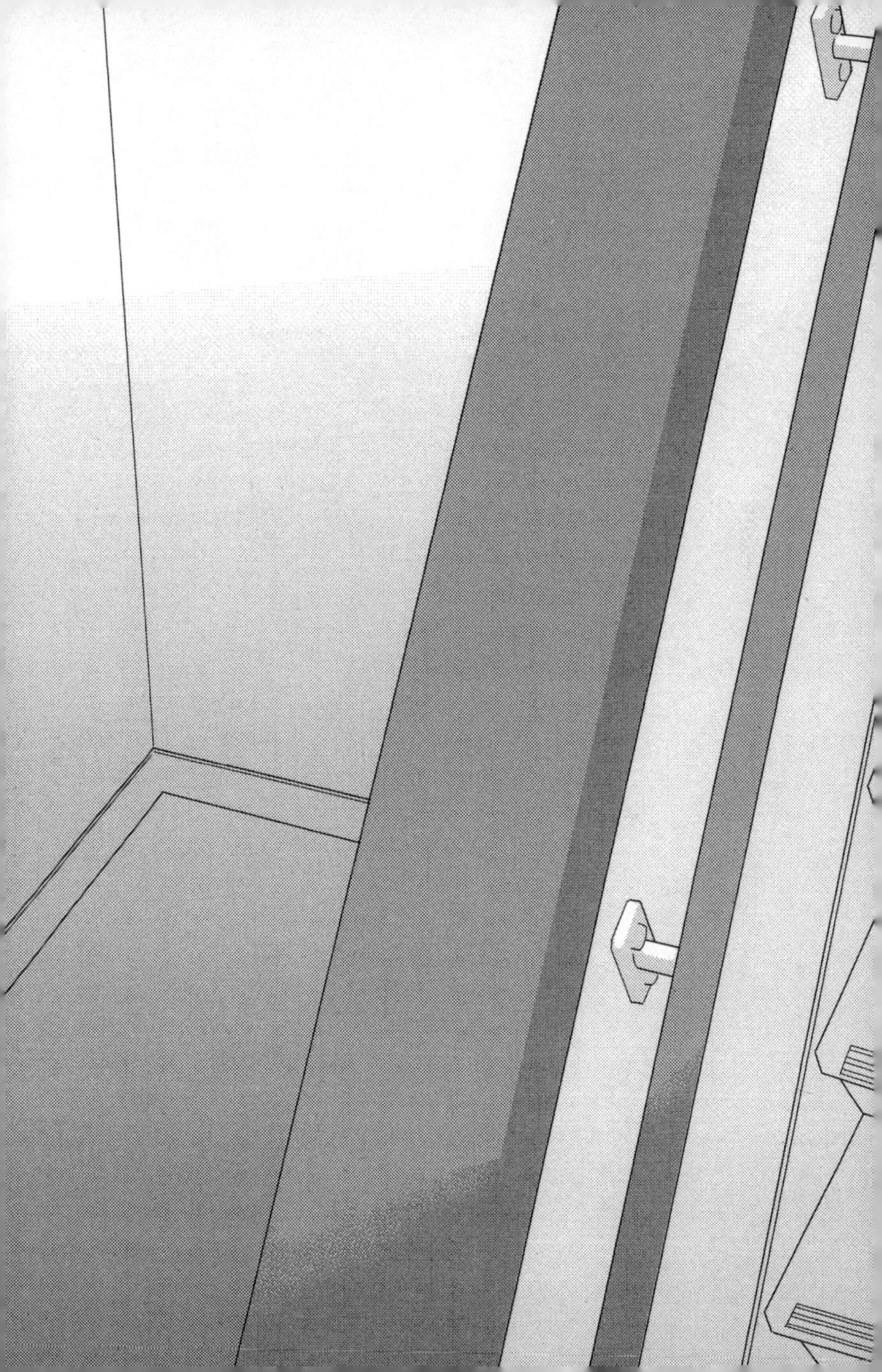

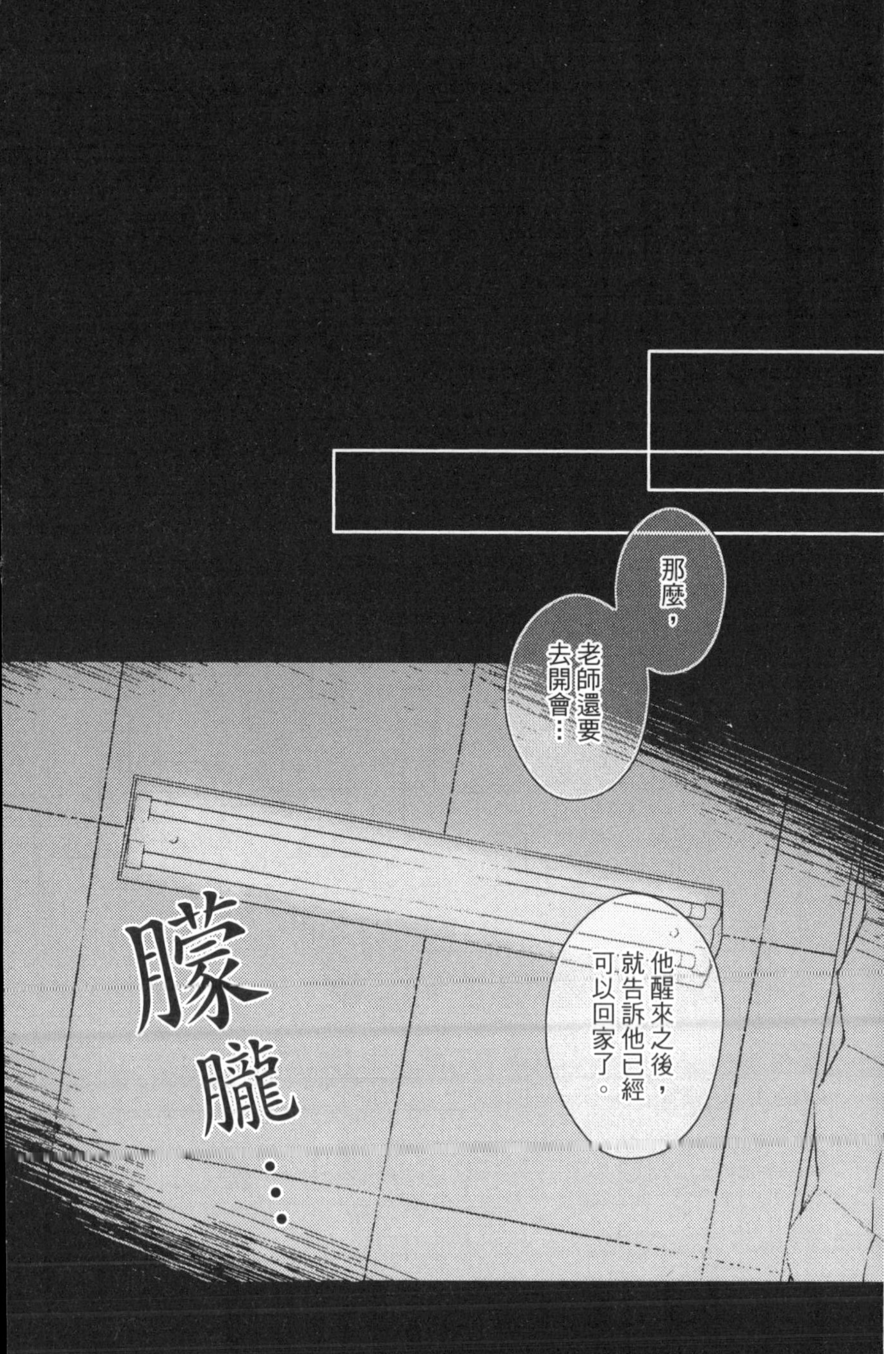

那麼，
老師還要去開會…
他醒來之後，就告訴他已經可以回家了。
朦朧…

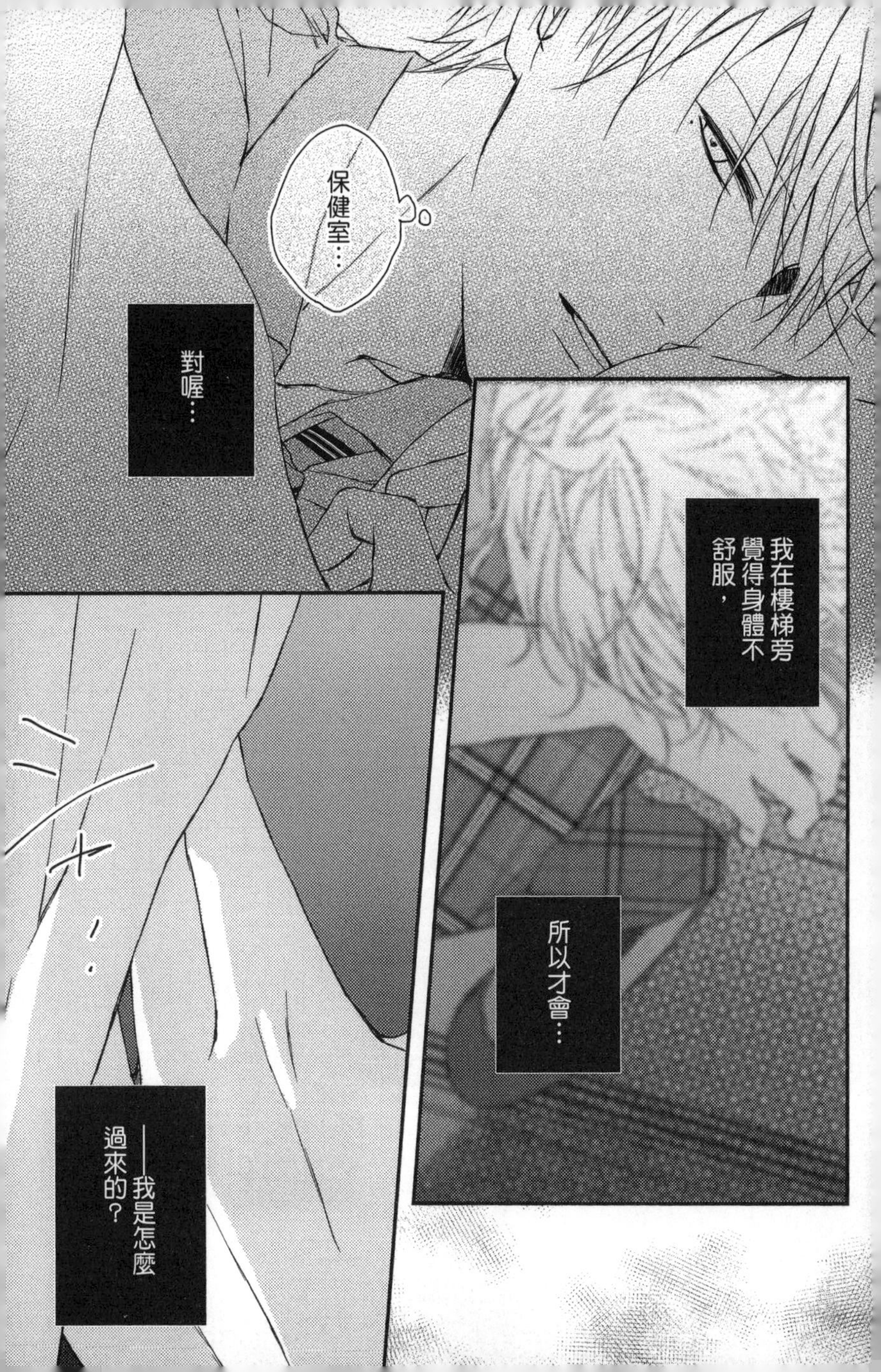
保健室…
對喔…
我在樓梯旁覺得身體不舒服，
所以才會…
——我是怎麼過來的？

好刺眼…
啊！
你醒啦？
吉…
田…

嗚哇！
這個人真好懂！
你也不用躲得那麼明顯…
被你看到的事，
我一點都不在意。
你反而要感謝我把你帶來這裡吧？
…你有在聽嗎？
拍！
拍！

既然你不在意，現在為什麼會在這裡？
唔！
別碰我！
還不快點走開…
拜託你，讓我自己一個人待著。
……
之前我就在想，
你是不是有社交障礙啊…

總是一個人，
キィ、
就算跟你搭話，你也不理人，不然就是嫌很煩。
…唔…
…唉…
喀噠
像這樣套話，我也嫌煩了…

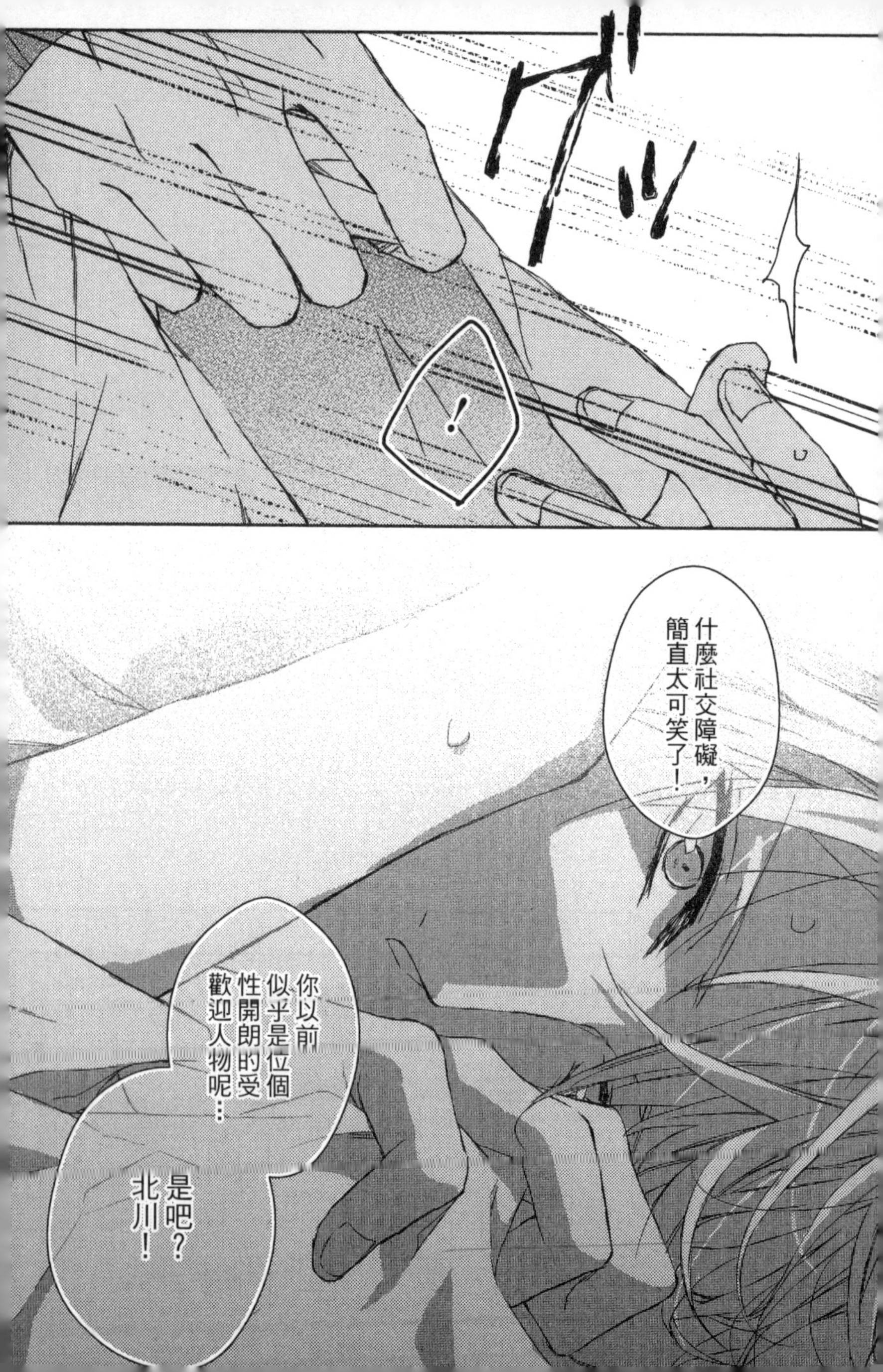

ガッ
!
什麼社交障礙，簡直太可笑了！
你以前似乎是位個性開朗的受歡迎人物呢…
是吧？北川！

會知道？

嘰…

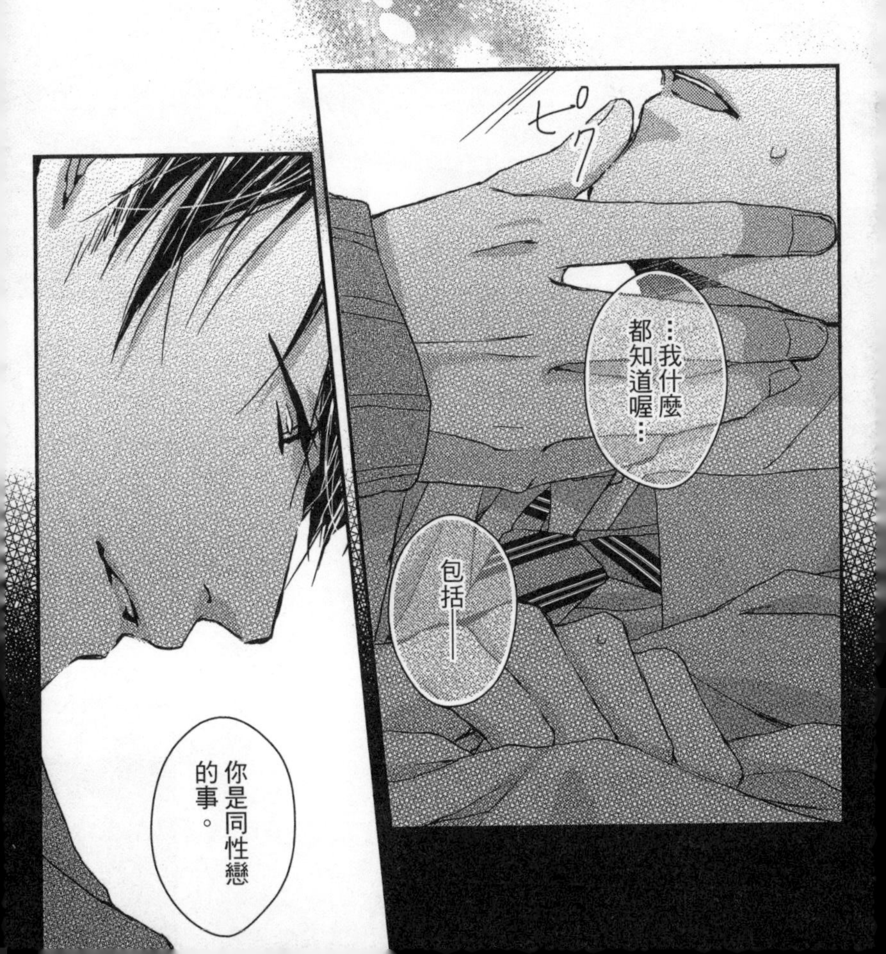

我問你…
男人之間是
怎麼做愛的？
呼
沒辦法…
呼

呼吸…

沒辦法　好好地…

逃離純情

02
啊——
又軟、
又香…
女孩子最棒了。
呼啊
真幸福…
要去了…
好快…

說起來⋯吉田，
ズ
イ
你是讀東高吧？
早安♡
呼嗯⋯
？？啊？
唔啊⋯
亞貴？
你們班上有沒有⋯
叫北川亞貴的人？
有叫這個名字的女生嗎⋯

你看，就是右邊那個人！
鏘鏘
編集
有沒有印象？
哇喔——是男的…
看起來很呆…
不認識也沒興趣…
吉田！借我抄筆記！
模糊…
喔——
在他眼中的男人都長這樣。
就說我不知道了…
唔——應該…不在我班上…
咦？不然其他班呢？
不知道耶…
不過，這個人怎麼了？

亞貴在國中快畢業的時候，
因為這張照片旁邊的那個人，
最後就沒來上學了…
不知道他現在過得好不好…
唉啊…
？
啊！
搞到不來上學，
這傢伙做了什麼？
打人嗎？
其、其實我本來是不想講的…
哇～～搞砸了…
他做的事…
比打人還要過分…

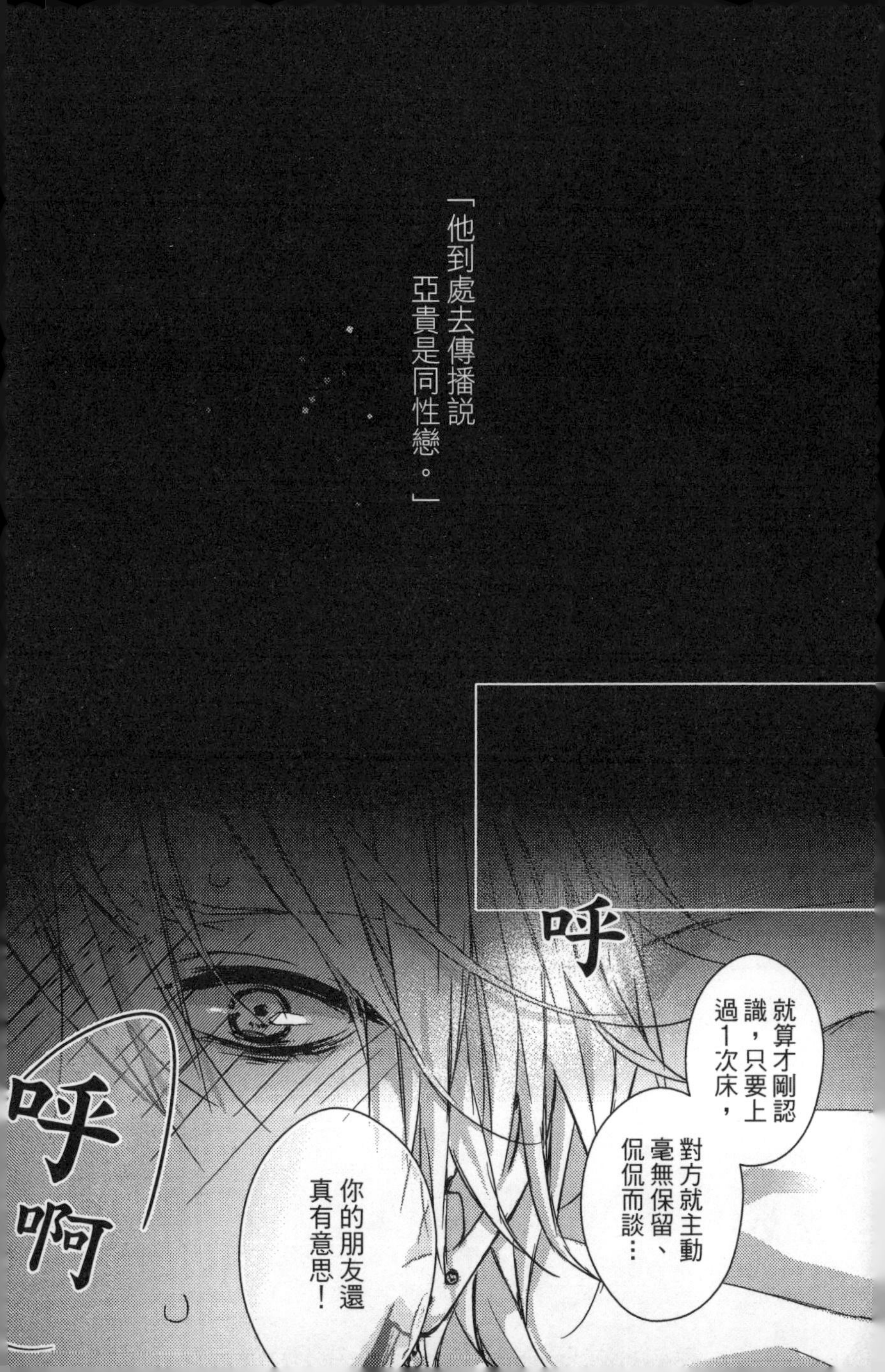

「他到處去傳播説亞貴是同性戀。」

呼

就算才剛認識，只要上過1次床，

對方就主動毫無保留、侃侃而談…

你的朋友還真有意思！

呼啊—

把事情傳出去的人也真傻…
拉下
同性戀可是最好的物件啊！
如果是我…就會像這樣，
更深入跟你打好關係。
呼
這個人…
乎
仵、
腦袋有問題。
手…

嗯
該死！
唔…
嗯唔…
呼
身體…
使不上力…
呼
哈…
看來你真的是…
只是接吻，就讓你這麼有反應啊？

カァ
──唔…
不行！
ぞく
腦袋一陣暈眩。
哇啊…
面對男人我有辦法勃起嗎？
カチャ…
本來…
我還很懷疑，
カチャ
ビク
沒想到還挺輕鬆的…
褪下

ぐい
雖然你興奮成這樣，
不過不好意思…
這個部分我可就真的沒興趣了，
抱歉啦！
つぷ
唔！
びく
等等…你在摸哪裡——

哪裡？
ちゅ
嗚啊…
因為…不就是要用這裡嗎？
啊！
不好好擴張，怎麼進得去…
住手！
吉…田
ぐりぐち
唔！
不可能…
呼…
住手！
啊——還是說…
你比較喜歡會痛的？
低聲

火大
不是…
叫你…
唔嗚
住手嗎！
※碰！
痛！

プス…
好痛…
你真的…
喔喔喔喔！想殺了我嗎？
唔！
グイ
沒有…
告訴任何人吧？

唉——
就跟你說…
我覺得會到處宣揚的人才是白癡，
剛才不就說了嗎？
我不會把這件事講出去…
…不過，
得看你的誠意了。

這話是…
什麼意思？
……
啊？
都做到這個地步了，
撫摸
你還不懂嗎？
ビク
唔…

如果希望我
別講出去，
就當我的
床伴吧！
保健室
我所期望的
高中生活，
在第2個月
便宣告落幕。

逃離純情

03
我…
現在有喜歡的人。
每次拒絕別人的告白，
看到對方悲傷的表情時，
比起歉疚感，
對於能向喜歡的人表明心意的她們，
我更感到羨慕…
…能夠傳達我的心意，
就很高興了。
羨慕到心痛！

……唉……
タン
タン
當然罪惡感也是重到不行。
像我就絕對沒辦法這麼做。
真是暴殄天物——
真假？竟然拒絕2年級的中野。
因為……我跟她又不熟，
又不喜歡她，幹嘛跟她交往……
唉啊……

竟然講得出這種話，
我也好想講講看…可惡！
抱怨～
哈，沒辦法吧！隼人
你那麼不親切…
你很煩耶！
騙人（笑）！
我自己也很在意啊…
理由非常單純…
因為我是男人，
而隼人也是男人。
話說回來…

你喜歡的
到底是誰？
驚！
…才不告訴
你！
這件事對我
來說很正常，
但我也明白，
這是不能跟別
人說的秘密。
為什麼？
就算隼人是
我的死黨，
我本來也不
打算向他挑
明這件事。
因為我會
害羞。
噗！
這麼純情。
但是…

嗯…不管對象是誰，
我都會支持你。
總有一天要跟我說啊——
聽到…
他這麼說…

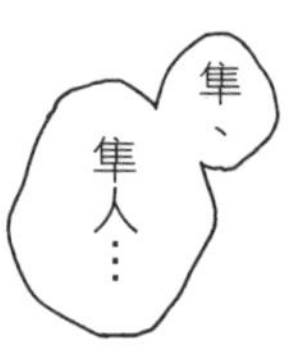
隼、
隼人…

就算沒辦法向他告白，
我…
但是說不定…
隼人能夠接受，
跟一般人不同的我。
チャプ。

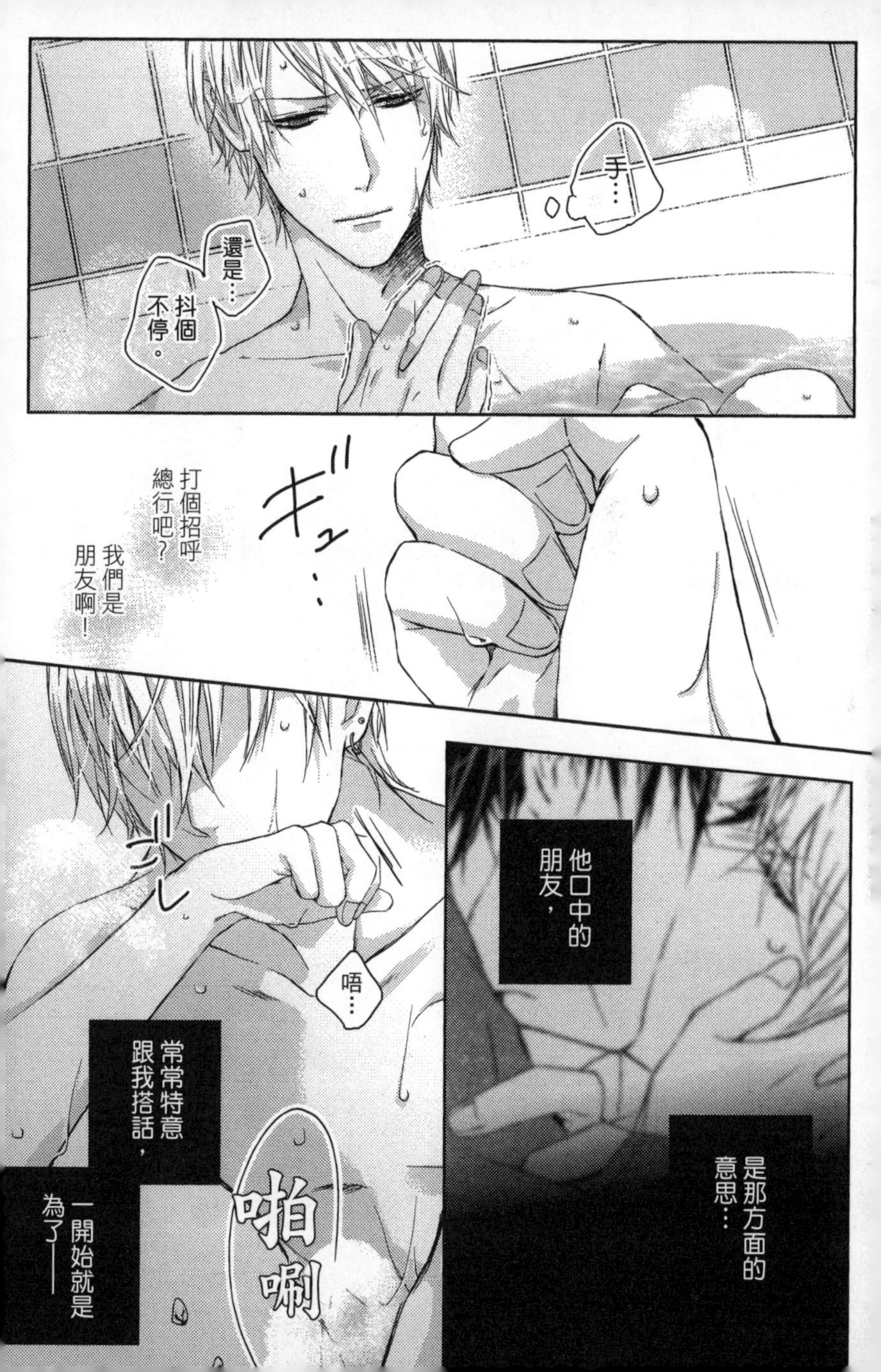
手…
還是…抖個不停。
ギュ…
打個招呼總行吧？
我們是朋友啊！
他口中的朋友，
是那方面的意思…
唔…
常常特意跟我搭話，
一開始就是為了——
啪唰

ぱさ
…但他原本…
就只跟女人做吧？
ガシ
明明是異性戀，
為什麼要對我…
ガシ
這個狀況，果然大有問題。
畢竟…
我…

ポタ
……
…好噁心。
緊抓

當床伴這種事，
我絕對辦不到。
1-C
……
我說啊…
嗯？
北川還活著嗎？
悄聲
悄聲
咦？他只是在睡覺吧？
剛才上課時，老師打他也沒反應。
低聲
低聲
是不是不太妙啊？

北、
川、
同…
ぱちし
學！
ガタッ
噗！
啊！還活著…
拉
陪我去個地方。
啊？
等等…
要去哪啊！

上廁所。
不…
完全搞不懂…
而且都快上課了…
啊？
喂！
吉田…
呼──

パァ
舒服多了。
還真的…只是一起上廁所…
ジャー
我說北川…
啊？什麼事？

昨天…很抱歉。

…咦？
我只是有點好奇，如果我那麼做，你會有什麼反應…
只是跟你開個玩笑…

……當然……
我是不可能這麼說的。
啊？
你這——

呼…

ちゅろ
啊…
嗯！
ゴクッ

—奇怪？今天沒勃起啊？
撫摸
真可惜！
煩死了！
放開我！

…你知道…
啊
摸…
這裡是什麼地方嗎？
嗚
啊
這裡是學校。
嗚啊
要是喊那麼大聲，
會把人引來…
這樣好嗎？
呼…
呼
唔…
…不要…

在這裡…
ギュ、
…不要…
奇怪？
我…
剛剛 說什麼…
呼…
…不然…
呼

握緊
現在就到我家…
繼續下去吧！
ガチャ
我是…
第一次帶男人回家（笑）。

我的腳⋯⋯
怦咚
你還在幹嘛？北川！
怦咚
快進去啊！
無法動彈。
只要踏進去，
一切就結束了。
怦咚
你不用怕成那樣，沒事的！
攬住

我不會…
弄痛你的。

逃離純情

逃離純情

04

嗡——……
嗡——……
啊——真是的……
嗡——
誰啦？
嗡——
按下
喂，你好…
吉田你這傢伙！現在到哪去了！
ビクッ
!?

啊？什麼？
誰啊？
我是真里香！
喔，是學姊啊…
今天不是約好去玩嗎？你到底在哪？
キーーーン
我到你教室去，他們說你已經先走了…
煩躁煩躁
煩躁
煩躁
煩躁
啊——
跟你聯絡也一直未讀！
抱歉，我在家…
都忘了。
啊？開什麼玩笑！
自己約我還跑回家，太誇張了吧…
所以不是跟妳說抱歉了嗎？
你那是什麼態度？
真煩人…

……總之，
呼……
呼……
我現在正在忙……
可以掛電話了嗎？

等等！你該不會跟其他女人——
嘟！
啊——
有夠纏人，耳朵都要聾了。
咳咳
呼……
你這個人也太爛了吧！
呼……
既然跟別人有約，就去找她啊……
呼
才不要！
今天我已經決定要跟你做了。
綁緊
還有快把這個解開！

而且，
如果不做到這個程度，
你又會逃跑吧？
…還真麻煩…
啊！…不然這樣吧…
……嗯——
那還用說！
為什麼我非得跟…不喜歡的人做這種事。

覆上
！
這是要幹嘛…
嗯？我在想…
既然你是男同志，
應該也有喜歡的男人吧？
痛…
—所以說…
你就把我想像成那個男人吧？
這個主意…

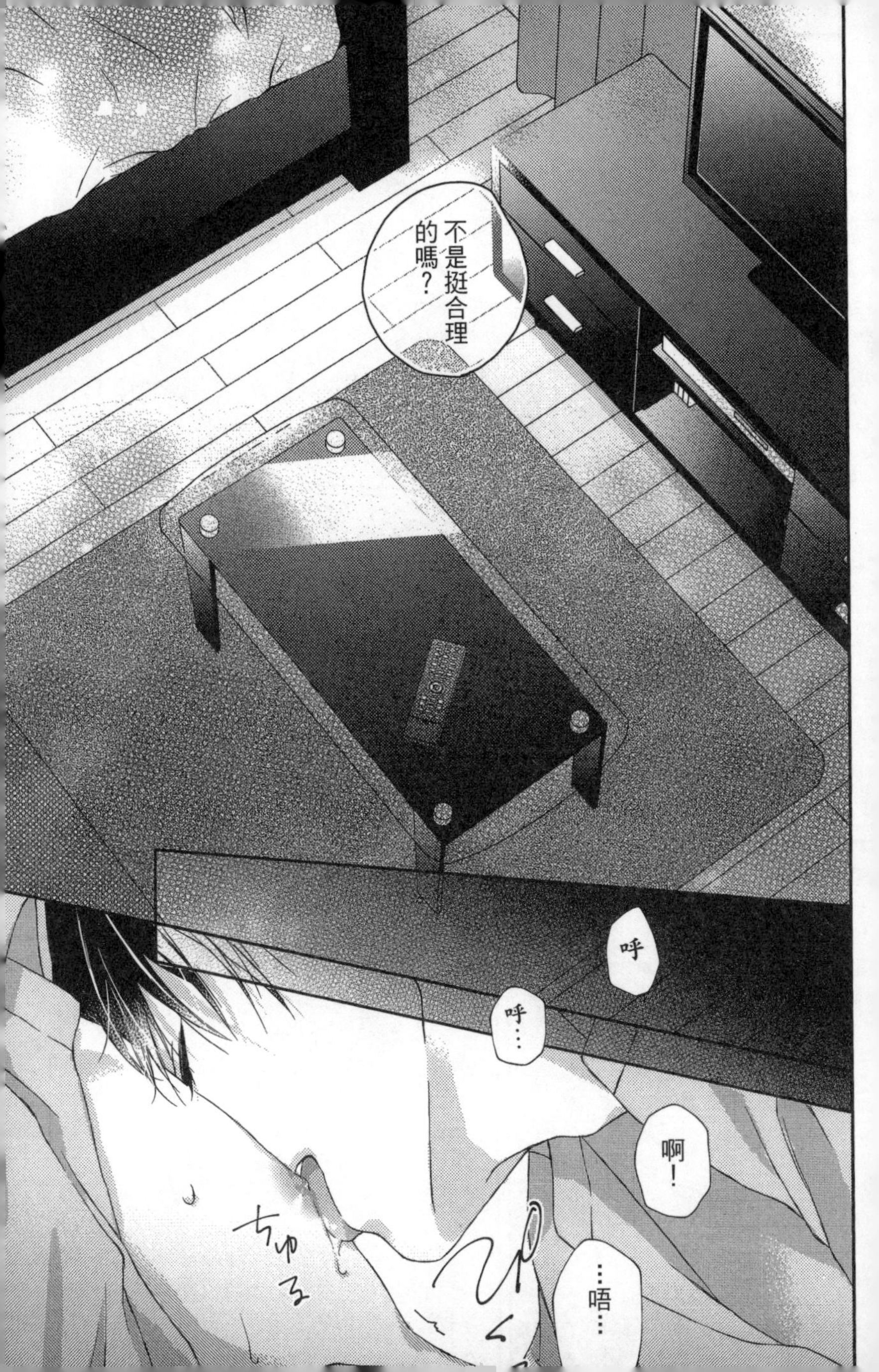
不是挺合理的嗎？
呼
呼……
啊！
……唔……
ちゅる

哈哈！
乳頭感覺舒服嗎？
…喔——
才…不好…
說是這麼說…但你這裡…
唔！
濕滑
にち
にち
反應倒是挺誠實的嘛！
啊！
還真是厲害…
搞不好用不到潤滑劑（笑）。
鳴哇！

ビクッ
唔！
呼…
嗚啊
滋噗
住手…
呼
ぐちゅ
滋
那裡…
呼…
不…要…
哈！從剛才就在說謊喔…
你這個人…
呼
嗯
自己不斷在擺腰啊…
びく
啊…嗚
ちゅく
ぬぽ
びく
啊

才不是…
嘴巴上說不要，
身體還不是很享受？
不是…
你真的…
好噁心！

!
不…
要…
等等…
呼…
咻
真的沒辦法…
北川？
呼…
呼…
？
咦？他的呼吸好像…
…要…
不要…
呼…
好可怕…
呼
呼…
呼
不要…
呼
呼啊
好噁心…

呼
北川！
不會有事的，你慢慢深呼吸。
呼…
呼…
…抱歉，
我是很想就這麼停下來，
喀鏘…
不過我也忍到極限了…
ふ

啊！
唔…呀…
嗚
啊啊啊！
好難受…
啊！
嗯啊
可是…好像…碰到什麼…
呼
——唔！
呼
唔
…難不成碰到你的性感帶了？
嗚
沒關係，不用忍耐，叫出來吧…

…不可能…
搖頭
搖頭
這…樣…
很奇怪…
呼
ギシ…
不用擔心，
所以叫出來讓我聽聽吧！
唔！
我不會這麼想。
呼
——我會…
呼
讓你更舒服。
ぬち
啊

ちゃく
啊！
ぢりゅっ
啊
ビク
呼啊⋯
等等，那裡⋯
ビクッ
不行了⋯
呼⋯吉田⋯
好舒服⋯
你再⋯
呼
說一遍⋯
するる
嗯！
咿？你說什麼？
呼⋯
我沒聽清楚。
唔
ばちゅっ
噫
啊！嗚
ピクッ

呼
嗯！啊⋯
呼
好⋯
舒⋯服⋯
呼
呼
呼⋯
沒錯沒錯，我們現在做的⋯
不是噁心的行為，
而是件舒服的事。

05
…你在幹嘛？

もっ
もっ
もっ
もっ
？
吃飯中。
ガッ
我看也知道，我是問為什麼在我的位子吃？
你要吃嗎？
燦笑
好好聽人講話！

唉
我說你…
可不可以不要這樣啊…
？
為什麼？
還問為什麼…
隔壁班的人坐在別人位子吃飯，
這種距離感很詭異吧…
嘶嚕——
聽我說話！
窩由災聽。（我有在聽）
…如果，
讓周遭人起疑的話——

哈哈！
什麼啊？
你也想太多了吧！
我用沒什麼距離感的方式纏著你，
周遭人一般也只會覺得「他們感情真好」！
更何況我們，
都是男生啊！
ガタ
啊…
對了！

今天放學後的時間，
記得空下來
——結果從那天之後……

我跟吉田，
就一直持續著肉體關係。
嗯
唔
呼
等等…
グイッ
你不要一直死纏不放…
呼
我沒辦法呼吸。

噗哈！用鼻子呼吸不就好了，真遜！
驚
…唔…
我當然技巧不好啊…
又不像你，
是個每天都在跟人做的渣男。
ふい
カチッ
每次都講得像是我的錯…
我只是回應對方的期待，
摸索摸索
但我都有徵得邀約對象的同意，
對方甚至還比我更積極主動。
ぷちゅ
スル
可以不要老叫我渣男嗎？

結果主動邀約的還不是你…
而且…
咕啾
咕啾
對我根本等於是用威脅的…吧…
啊
或許是吧…
…不過，現在你也不怎麼抗拒了吧？
嗯！
啊
呼
看看…你現在什麼表情，
明明就很想要。

吵…死了！
我已經懶得抵抗了，
早點做、早點結束吧！
剛開始確實是…
遭受威脅，
被硬逼著開始的關係。
呼啊
呼…

但是最近──
ギッ…
ギシ
啊！
呼
我…
忍不住…
呼…
要出來…了…
你也太誇張了，
呼啊
呼…
不過，
我也快了…
已經是第幾次了？
顫抖
可以解放在裡頭嗎？
ズッ
ズプ
啊
不要！
等…
吉…
田…
啊啊！
ビクッ
ビク

呼——
在一次又一次
發生關係時，
呼——8
他觸碰我
身體的手，
就像是在肯定
我的存在一樣，
讓我難以自拔。
明明腦袋
很清楚，
這麼做不是
什麼好事…

叮咚、
呼——
呼鼾——
19:28
吉田他…
在我們維持著床伴關係時，
也沒有想把我是男同志的事講出去的跡象。

倒不如看開點，
轉換心態，覺得繼續保持現狀也不錯——
可惡！已經開始痛了…
撫摸
為什麼…
小唯：好久沒約了，真期待～！
按這裡顯示更多
小唯：明天？我有空可以去玩啊♡
按這裡顯示更多
我的心境會這麼複雜？

真搞不懂。
都給我聽好…
兩個禮拜後，就是大家期待已久的期末考。
如果高1的暑假想玩個盡興，
現在就拚命好好唸書。
只要有一科不及格，
你們的暑假回憶，
就幾乎會被暑期輔導占據…
今天他完全沒來糾纏我，
是請假嗎？

唷！
痛！
哇、哈哈！小佐渡超凶殘www
……
喔喔！
今天有反應啦？
你…
等等到教職員室一趟。

教職員室
找你來的理由，你多少也心裡有數吧？
你太常遲到了…
加上上課態度差，考試成績更是爛得可以…
不要說暑假，我看你連留級都有可能。
撇頭
喂！北川！少在那東張西望，好好聽我講話。

你這個學生還真是——
啊！
那傢伙…
什麼嘛！
明明就有來啊…
たっ
真是的…
等等我嘛！紘太郎——
你走好快——

啊…
抱歉抱歉！
那就牽著手吧…
低聲…
不要…

住手！
不要用⋯
碰過我的手⋯
——北川？

怎麼了？
臉怎麼那麼紅？
是不是發燒了？
啊啊…
我根本不想發現這點…

有著什麼樣的意義，

其實我是知道的。

逃離純情

逃離純情

06
唉——好想交個男朋友…
這句話，光今天我好像就聽100次了。
嗚…
嗚…
因為——就快放暑假了，總是會想跟男朋友去看煙火吧？
啊——是啦…
像B班的吉田不就超讚的？
啊！我懂，穿浴衣的黑髮男…
妄想
沒錯——
唉—
可是那不是男朋友的人選…
為什麼？每個人都有機會吧？
拜託，這樣也很糟吧（笑）。
要是喜歡上那種人…

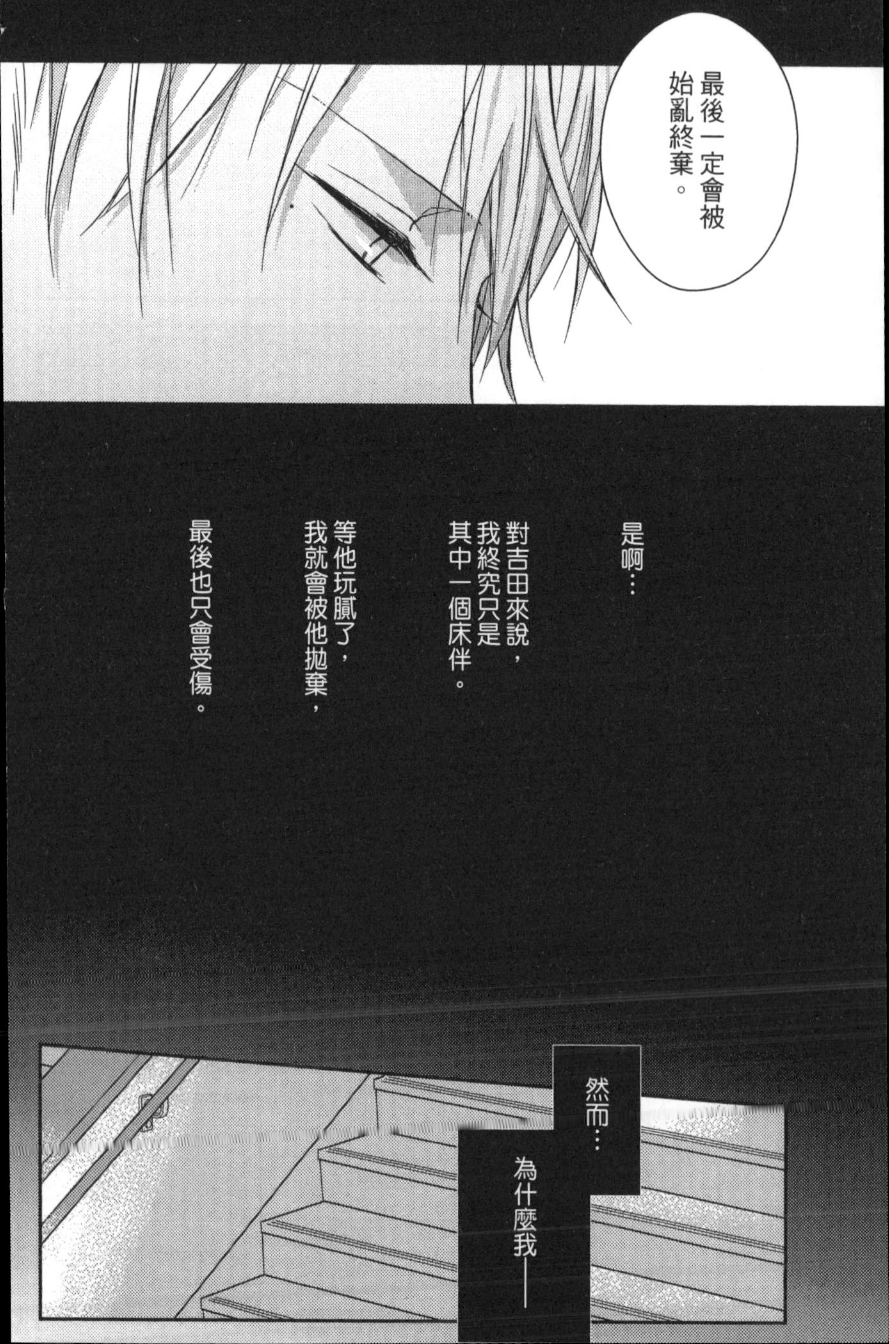
最後一定會被
始亂終棄。
是啊⋯
對吉田來說，
我終究只是
其中一個床伴。
等他玩膩了，
我就會被他拋棄，
最後也只會受傷。
然而⋯
為什麼我——

點頭
取下
ぱち
嗯……
……
嗚喔
哇！
嚇我一跳。
嚇死我…
你幹嘛…
我只是
蹺課——
…啊？
你也蹺課？
嗯…
本來想到這裡
睡覺，結果被
你搶先了。
既然這樣…

反正都蹺課了，
要不要來一次？
トンッ
啊？
你在說…
什麼啊…
看到你的睡臉，
我就想做了。
咦？
等、
等等…

グイッ
等一下！
現在是上課時間，沒問題吧！
怎麼可能在這種地方…
這種事誰能保證？
別擔心…
我很常來這裡做，
不過也「只有被你」看過。
あっ
──唔！

噗哈！
真是懷念…
不行…光是這種事，
刺痛…
就讓我的胸口發疼。
唔！
嗯嗚！
呼
ぬろ
啊
唔
為什麼要把我的舌頭推回去？
嗯
唔
乖乖把嘴巴張開。
…不要…
我不想做…
ギュッ
不想做！

…你今天怎麼怪怪的？
身體好僵
ガグン
ズリ
啊？這是什麼…
…你還真是極端。
ずる…
不是，好像…
腳滑了一下…
奇怪，什麼時候掉的？
咦？是你的東西？

被我一腳踩下去…
喔──沒關係啦…
嘿咻！
那是什麼東西？
嗯？
電影票。
是其他學校的女生給我的，
但我對恐怖片沒興趣。
周遭的人也都說不想看，
我在想要不要…

丟掉…
…你要嗎？
咦？不要…
騙誰啊！你一臉超想看的表情。
不…但是…
就算我拿了…
……？
啊！
這樣啊…沒有能邀的人…
自己去很尷尬吧——
你很煩耶…
啊…誰叫你…噗哈…

呵
不然我陪你去吧？
ぴくっ
…啊？
咦？你不願意？
——……
也不是不願意…
那就明天去看吧！
明、明天？
——什麼啊…

這是什麼狀況？
盯——
沒想到，事情會演變成這樣⋯
編輯
朋友
個人資料
亞貴
新朋友
紘太郎
詳細時間等回家我再跟你聯絡⋯
說是這麼說⋯
結果都沒跟我聯絡，
叮咚
ゴッ⋯
最後他果然是要跟其他人去嗎？
那傢伙很有可能⋯
明天約11點在東站前如何？
會太早嗎？
が
たっ
！

ぎゅ
嗚哇！
糟糕，突然開始緊張了…
ずず…
該怎麼回他？
回了解可以嗎？
了解
總之先這樣吧…
叮咚
怎麼辦？
真的不妙…

我還以為跟
吉田之間，
永遠只會保持
糜爛的關係。
明天可別遲到喔！笑
所以…

到喔！笑

我盡量

像這種枝微末節的小事，

都能讓我高興得像個傻瓜。

北川同學——

你就別再生氣了嘛…

結果竟然是你遲到，有沒有搞錯…
對不起！我睡過頭…
你以為這是誰害的？
哎呀…我知道是我的錯啊…
真是的…
就算你沒興趣也不能這樣啊…
我等了1小時耶…
…吉田果然就是吉田。
自己一個人那麼興奮，
我看我真的是個傻瓜。
…這個嘛…
關於這點，
其實我不是沒興趣…

カタッ
我…
是真的不敢看恐怖片。

憔悴
…所以，才會失眠…

…你這話是認真的嗎？
…很遺憾…
是認真的。

噗哈！
…呵…
哈哈！
你…
怕成這樣，竟然還邀我來…
這是在搞笑吧？
噗！
哈哈…
他笑了…

唔…

むに
你笑得太誇張了。

…其實我也很猶豫該不該回絕…

可是最後還是為你來了，
你該感謝我。

啊？
暗…
嗚哇！要開始了…
他在說什麼啊？
唉──我想活著回去…
為了我…
這是…什麼意思？
ぶわ
我…
從來不認識這樣的吉田。

陰鬱…
累死我了…
結果根本沒好好觀賞劇情…
那種片哪會有什麼劇情…
ぼすっ
嗓子都叫啞了…
他好像比我想像中還要勉強自己…
沒想到這麼嚴重…
唉啊ー…
肚子餓了…
…你還真忙耶…
不是啦…看完電影放心下來就突然…
現在想想，我從早上就沒吃東西…

我們去吃飯吧！
你有想吃什麼嗎？
我都可以…
出現了，最麻煩的答案。
不是，我真的都可以…
總有比較想吃什麼吧？
既然都這麼說，就由你決定吧！
咦？我也沒特別想吃的…

ガッ
果然是亞貴。
好久不見！

唔…
ざわ
き
哈哈！你那是什麼表情啊？
我們有做過什麼，讓他擺出那種表情嗎？
誰知道呢？不記得了（笑）。
啊——看來是群麻煩的傢伙，
該怎麼處理…
呢…

我們走，北川。
拉
走這裡。
啊…咦？
哈！幹嘛，男朋友啊？有夠好笑。
拜託，比起可笑更噁心好不好！
亞貴是同性戀的事，看來是真的呢…

ピク
隼人。
ダッ
我們走吧！
だら…
…啊…
北川，沒事的…
沒事？
什麼沒事？

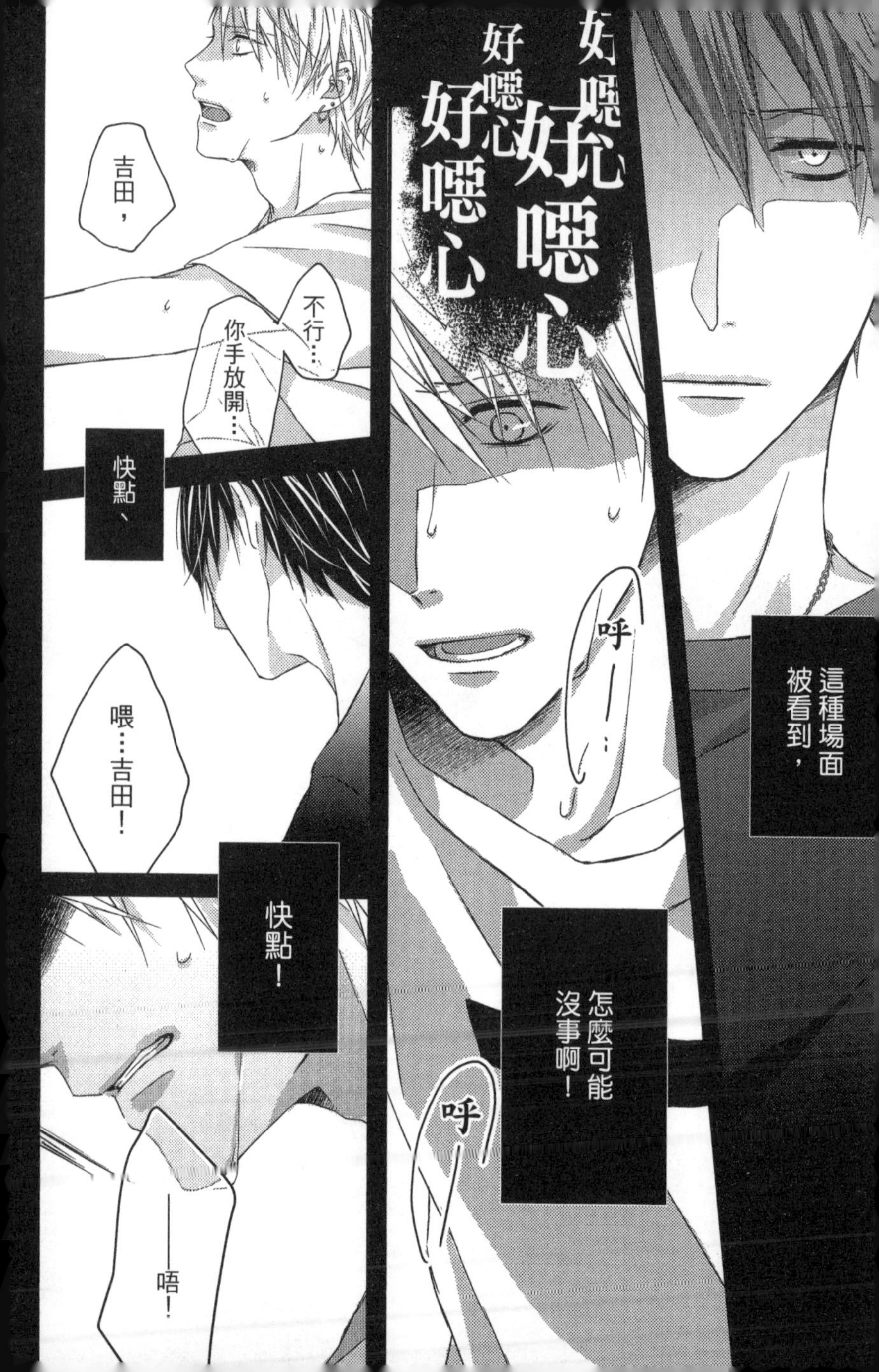
好噁心
好噁心、
好噁心
好噁心
這種場面被看到，
呼——…
怎麼可能沒事啊！
呼——
吉田，
不行…你手放開…
快點、
喂…吉田！
快點！
——唔！

你放手！
呼
啊…
──對不起…

ジリ
我要回去了…

咦？等等…
等等！
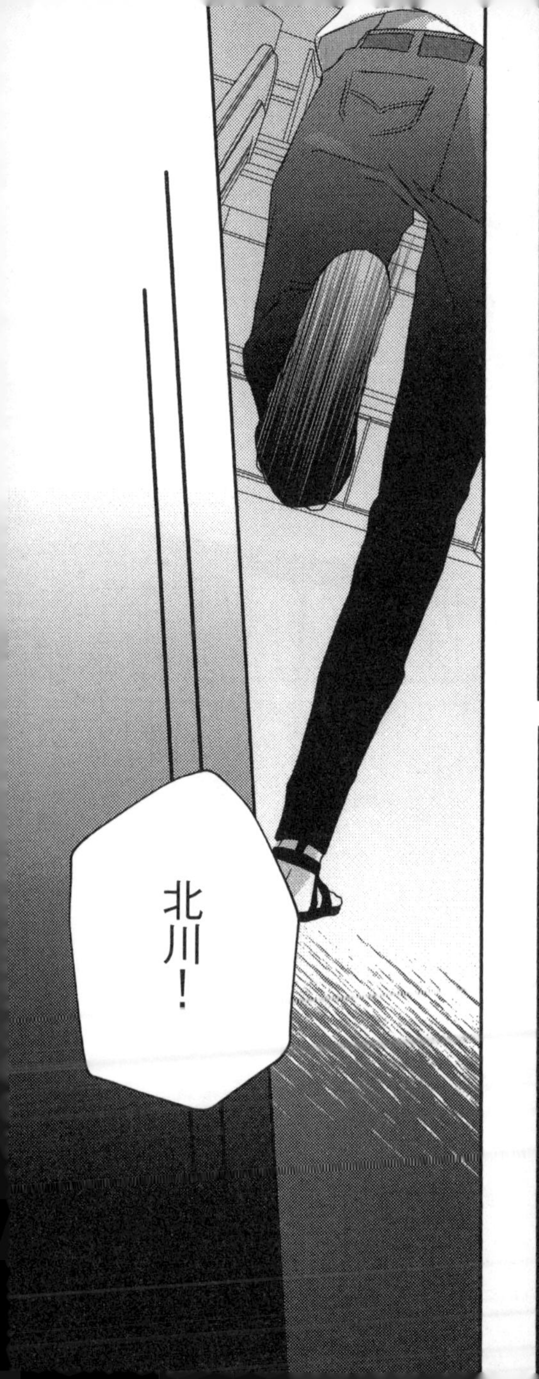
北川！

07
哎呀——
還以為能再多拿他取樂一下呢…
那傢伙立刻逃避的個性也還是老樣子（笑）。
我們走吧！隼人。
…抱歉，你們可以先走嗎？
グイ

看到我的時候，你明明想保護亞貴，卻不去追他啊…
聽到你的名字，我才恍然大悟…
理紗說的那位東高千人斬就是你吧？
…我只想問你一件事，
你跟亞貴是什麼關係？

——……

既然你答不出來，
表示亞貴也是床伴囉？

…哼！被我說中了嗎…

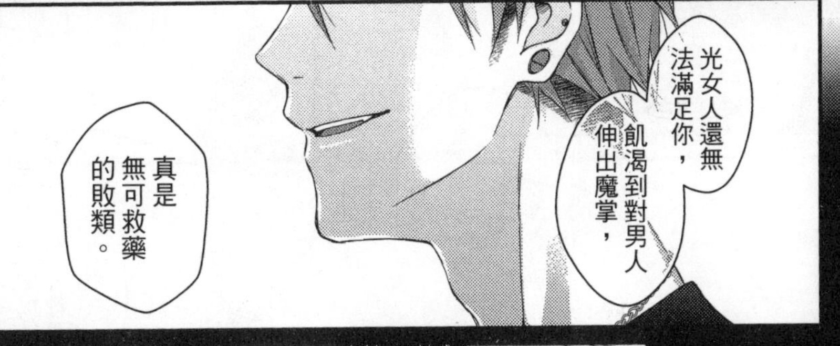
光女人還無法滿足你，
飢渴到對男人伸出魔掌，
真是無可救藥的敗類。

…說我是敗類，你也彼此彼此吧！
啊？
畢竟，
把北川是同志的事到處傳的不就是你嗎？

就程度來說，你這個人比我還差勁，
你的行為連我也辦不到…
看來你真的夠討厭他。
聽說他以前是個受歡迎的人物，
你是看不慣，所以才想陷他於不利嗎？
…我不回嘴，你就越講越過分…

明明什麼都不知道，
少在那邊亂講話！
ぐわっ
看不慣？
陷他於不利？
開什麼玩笑！
我當時…
也一樣不知
所措啊！

喂──亞貴喜歡誰啊？
為什麼要問我？
去問本人啊！
他不肯告訴我嘛…
我也不知道啊…
咦～
原來亞貴身上，還有隼人也不知道的事…
啊！說人人到！
ブン
ブン
ブン
亞貴──早安！
にかっ
早安，理紗、隼人。

啊…亞貴今天也好可愛♥
跟某人完全不一樣…
閉嘴！醜女。
你叫誰醜女！
ギギギギギ
痛痛痛痛痛痛…
笨蛋！白癡！
其實我早就知道，
亞貴不交女朋友的原因，
還有他抱持好感的對象…
是什麼人…
…唔…

你喜歡的到底是誰？
會問他那個問題，
是因為我仍然不死心，覺得有可能都是我想太多。
——然而…
我…
其實，
…喜歡的是…
男生。
別說了…
別說了！
在那一瞬間，全都潰堤了。

不要…
用那種表情看我。
…我喜歡亞貴，
但是這跟亞貴口中的喜歡全然不同。

我沒辦法回應亞貴的心意，

…我可沒辦法接受這種的，

好噁心。

班（31）

我選擇了最快速…

呼

呼

所以我只能把他一腳推開。

而且…

最殘酷的手段。

亞貴說他喜歡男生真是有夠噁

在亞貴離開後，我好後悔⋯
有好幾次我都想去向他道歉，
但是道歉也只是讓我心安，無法癒合亞貴的傷口。

所以至少，
如果亞貴喜歡上其他人之後
我一直希望他能得到回報。
結果卻⋯
⋯什麼床伴啊⋯

…你看來是沒發現吧？
咦？
亞貴大概，是真心喜歡著你。
你在說什麼…
你也看到了吧？
甩開你的手之後，亞貴的表情。
面對不喜歡的人，會有那種表情嗎？
スル…
我不知道你對亞貴有什麼想法…

但如果你沒那個意思，只是想玩玩，
那就馬上結束你們的關係。

喀鏘
喜歡？
咚！
咚！
北川…
喜歡我？
ぼふ
嗚哇…好多未讀訊息。
一直以來，
滑…
滑
我做的事情，明明都只會惹他討厭。
嗯？北川也有傳訊息…
北川
今日
你在哪？
11:17
喂！吉田
11:32
你已經醒了嗎？
11:32
算了我要回家
11:56
要回家
怎麼可能…

還以為⋯⋯
你不來了⋯⋯
北川，
如果我⋯
現在才開始努力，
還來得及嗎？

北川？他不在。
不會吧！
都中午了。
他今天請假？
有看到他的書包，應該是有來…
可是他都蹺課，不知道現在人在哪…
既然是蹺課，應該在那吧…
啊…
對了！吉田…
等放暑假，
我們要不要兩個人一起去哪裡玩…
我知道了，
謝謝妳！

咦？
等等！
吉田？
我…
一直是個無可救藥的傢伙，
也認為自己這樣就好了…
不過現在不一樣，
呼…
呼…
所以——
タンッ

北川！
ピクッ
…你來幹嘛？
（呼）
我…
有話想跟你說…
呼
…哈…
都遇上那種事，你竟然還敢跟我有所牽扯…

你也不喜歡吧？光是跟我在一起就被認定成同志…
明明你不是那種人。

…當時，
就算必須動手，我也應該要拒絕你的…
不該開始這段關係。
…這麼一來，
事情就不會演變成現在這樣吧！

被你碰觸就覺得開心、
會嫉妒其他女生、
期待跟你一起去看電影…
不會像現在這樣，
喜歡上你…
ぽたっ
…唔…明明…

…唔！
…北川，
グッ
ギュ
之前真的很對不起！
結束吧……
床伴關係。

吉⋯
現在還能重頭來過嗎？
？
啊？
因為⋯
我也喜歡你。
⋯等、等一下！
カタ
你⋯在⋯開玩笑吧？
你不是⋯
一開始，我只是玩玩⋯

等玩膩後就打算結束。
不光只針對你，我對每個人都只抱持這樣的感情。
可是看到你的笑容時，
我很高興。
我想再多看看你的笑臉，
想了解更多我不知道的你…
…這就是那樣的意思吧？
吉…田…

呼…
嚇…
嚇我一跳…
…可以嗎?

我可以…
相信你的話吧…
ぎゅ
…嗯。
我喜歡你，北川。

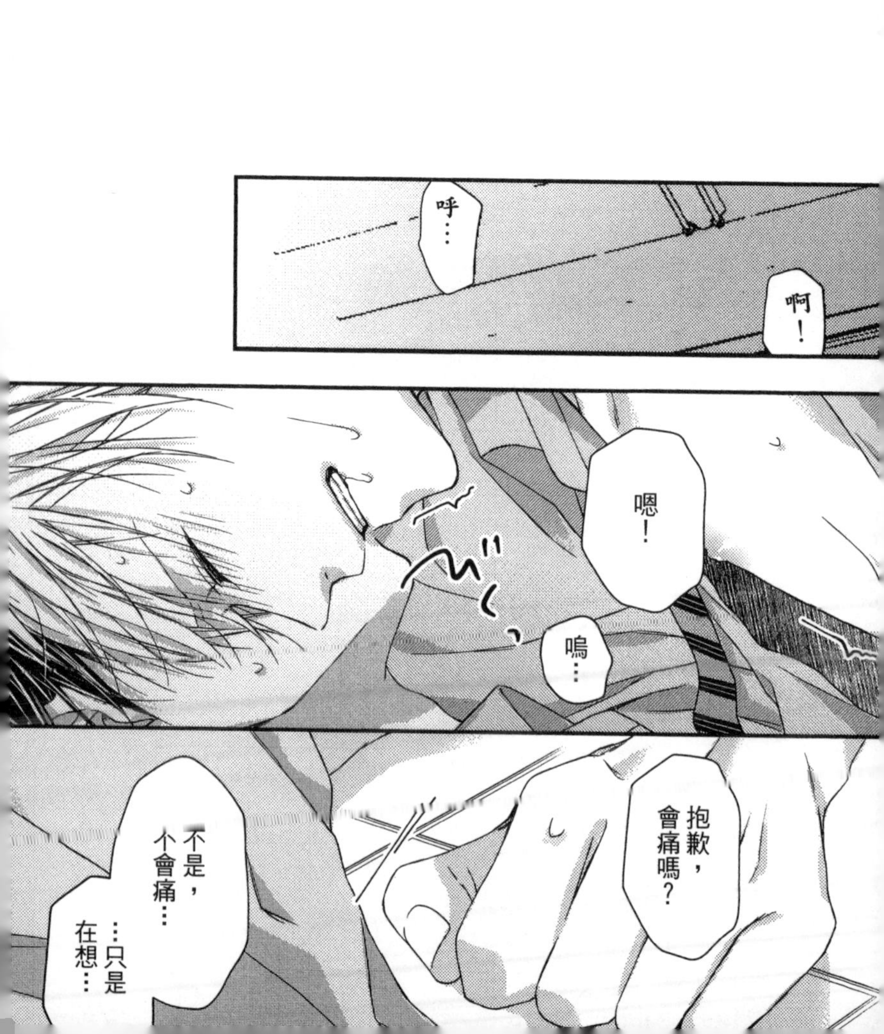
啊！
呼…
嗯！
びく
嗚…
抱歉，會痛嗎？
不是，不會痛…
…只是在想…

呼⋯
明明說要結束床伴關係，
結果最後還是變成這樣⋯
你在說什麼啊？交往不就是要做嗎？
你就是這點讓人⋯
⋯我還是很不放心⋯
你跟女人也能做，
甚至還是千人斬。
跟我交往之後，感覺也會立刻對其他人出手⋯

ムラッ
啊——他還真是…
ズッ
唔啊
ぱちゅ
喂！笨蛋…不要突然動…
啊！
ズプ
ズズッ
等、等等，吉田…
呼…
ズズッ
啊
呼…
ぬる
啊啊
啊！
ビクッ
啊！嗯…
ちゅぱっ
呼…
とろぉ…
呼啊…
…啊…糟糕…

跟喜歡的人做，
呼…
竟然這麼舒服…
…你這句話很不得了耶…
嗯，我現在也很害羞…
——嗯…總之呢！
ぐりんっ
!?
ぴと…
這就表示我已經沒辦法跟其他人做了，
你就放心吧！
ぞくっ…
ズプ
ププ
——唔！
…而且我…

壞笑
最喜歡的還是北川有感覺時的表情啊！
…我聽了也不會高興…
不能講點正經的嗎…
……唔……
嗚哇！你收縮得好厲害…
給我閉嘴！
End.

啊？
Bonus Track

所以說…就是，
我暑假要上暑期輔導，沒辦法排定任何計畫。
…搞什麼啊？
ガタ

太誇張了。
這天是我跟吉田第一次吵架。

我沒想到他會那麼生氣，什麼話都不敢說，
最後就到了暑假。
在那之後我們就都沒聯絡，
害我上課內容都沒聽進去。
可是就算道歉，也不是我的錯…
※每科都不及格。
啊？等等，是我的錯啊…
真糟糕！我到底在幹嘛？
得跟他道歉…
もぞ…
啊——可是，怎麼辦？
他說不定已經不想理我了…

ビクッ
不管他會不會接，先打電話…！
嗡—
嗡
吉田
手機
嗚哇！時機抓得真巧…
嗡
…喂喂…
啊…北川嗎？
呼——太好了！還以為你會不接電話…
呃…抱歉！之前都沒跟你聯絡…
我一直想著該向你道歉，
可是又擔心自己太自我中心，惹你討厭…
…你還在生氣嗎？

呵！我沒生氣，我才該跟你道歉。
太好了…不過你為什麼在笑？
沒有啦…因為我也正好在想同樣的事。
哈哈！真的嗎？
你有乖乖去上輔導課嗎？
嗯…不過佐渡在講什麼我都聽不懂。
你的程度那麼差？
…晚上你有空嗎？不會的地方，我來教你吧？
咦！真的嗎？
嗯。
啊！如果明天也要上輔導課，就住我家吧？
我爸媽都不在，而且我家離學校近，你也比較輕鬆。
啊──也對，那就這樣吧…

…等等！在父母不在時邀我住下來…
也就是說…
會變成這樣吧！
ガタ
呼啊
等、
等等…
ガタッ
我真的是來唸書的耶…
嗯！
きゅ…
抱歉！我本來也是這麼打算，
可是好久沒見面，實在克制不住…
呼…
…不行嗎？

至少等書唸完再做吧！
做完會累，根本沒力氣唸書…
摸…
那這段期間，這裡要怎麼處置？
什麼怎麼處置…還不都是你亂摸奇怪的地方…
…不然…
我不會進去，你轉過來。
咦？你要幹嘛…

呼……
什麼！等等，你幹嘛？
這樣只是套弄一下，不會累吧？
是不是很煽情？好像很快就會出來……笑！
啊！
呼
呀
嗯啊
吉田……
不行，要出來……
呼啊……
嗯，我也是……
呼！
啊

呼…
欸，北川…
呼…
ちゅ
…怎樣？
我還是忍不住，想做到最後。
就知道你會這麼說…
隔天早上
這是什麼啊…

做過頭啦！
我是有感覺他吸得很用力…
ADVISOR
喂！吉田，給我起來！
…嗯？早安…
還說什麼早安？
竟然在我身上留下這種東西。
我今天還要上學耶…你也知道吧？
喔——那個啊…

壞笑…
這是回敬你讓我的計畫全泡湯♥
我這個人其實還挺記仇的。
你──開什麼玩笑！
這關係到我會被留級耶！
你就去上課啊…
不知道小佐渡會說什麼呢…
誰敢去啊！可惡──

我要是留級，全都是你害的。
到時候我陪你一起留級吧…
你白癡喔！
對了！機會難得，要不要去約會？
不去。
End.

逃 離 純 情

初出

逃 離 純 情

Web連載

逃 離 純 情
Bonus Track

加筆

BM0278001 C2P176

逃離純情

原名：純情エスケイプ

■作　　者　沢本そじ
■譯　　者　郭名珊
■執行編輯　易冬珍
■美　　編　黃虹瑞
■發 行 人　范萬楠
■發 行 所　東立出版社有限公司
■東立網址　http://www.tongli.com.tw
台北市承德路二段81號10樓
☎(02)25587277　FAX(02)25587296
■香港公司　東立出版集團有限公司
■社　　址　香港北角渣華道321號
柯達大廈第二期1207室
☎23862312　FAX 23618806
■劃撥帳號　1085042-7（東立出版社有限公司）
■劃撥專線　(02)25587277 總機0
■印　　刷　勁達印刷股分有限公司
■裝　　訂　智盛裝訂股份有限公司
■2019年2月15日第1刷發行

日本一迅社正式授權中文版

ISBN 978-957-26-1780-9（價格以封面上標示為準）